KB143279

무한뼘배추두뼘

무한뼘 배추두뼘

채형복 시집

學而思 | 학이사

시인의 말

호미 한 자루 손에 들고는

알량한 지식 나부랭이

흙 속에 파묻어버리고

텃밭의 잡풀을 뽑다가

이마에서 뚝뚝 떨어지는 땀방울로

흠뻑 젖은 땅 위에 푹 고꾸라져

세상에서 가장

행복한 사람으로 죽고 싶다

2021년 봄
채형복

차례

1부

2부

3부

4부

1부

땅 · 1

땅은 어떻게
저 많은 씨앗을 품고 있을까

날선 서릿발로 자라나는
텃밭의 풀을 보며 생각한다

베고 베어도 고개 숙이지 않고
쉼 없이 일어서는

죽은 씨앗이 키운
풀과 풀, 풀 그리고 풀

전쟁이다

격하게 치고받는 싸움도 잠시
이름 없는 풀들의 거센 저항 앞에
칼날 무뎌진 낫을 던진다

졌다

아무리 자르고 잘라도 죽이라며
제 목 들이미는
악다구니 풀을 이길 재간이 있나
사람의 발길 거부하는 텃밭에는
성난 파도로 출렁대는
푸른 생명이 그득하였다

땅 · 2

땅을 보아라
이 땅의 푸른 자궁을 보아라
땅이 어떻게 그 많은 씨앗을 품을 수 있는지
땅이 어떻게 오욕의 시린 눈물을 품고
상처 입고 쓰러진 생명을 키워낼 수 있는지
붉은 피 서성이는 동맥에서 터져 나온 분노의 함성을
총창으로 구멍 난 성긴 심장을 파고드는 야만의 굴욕을
한 가닥 원망도 없이 품고 포용하는 이 땅을
이 땅의 푸른 자궁을 보아라

땅을 보아라
이 땅의 성난 풀을 보아라
밟으면 밟히는 대로 나고 자라
베면 베는 대로 쓰러지고 눕는 풀은
바람의 힘에 고개 꺾고 굴복하지 않는다
땅에 넘어진 풀은 날카로운 칼로 일어서고
땅을 품은 풀은 뾰족한 창으로 자라난다
꺾이지 않고 불굴의 창칼로 솟아나는 이 땅을
이 땅의 성난 풀을 보아라

땅을 보아라

이 땅의 침묵하는 돌들을 보아라

인간의 원죄를 대속하려 자식을 십자가에 못 박은 신의 비정함이여

그 신을 화형하고 목 자른 눈 먼 인간의 맹목이여

피로 피를 부르고 피로 피를 적시는 살육의 역사여

피에 굶주린 우리는 아직도 제물로 바칠 속죄양이 필요한가

양들이 흘린 순결한 피에 젖은 돌들이 일어나 소리치리라

제 목을 잘라 사육제의 제물로 바치는 이 땅을

이 땅의 침묵하는 돌들을 보아라

푸른 자궁이

성난 풀이

침묵하는 돌들이

몸서리치며 용트림하는 이 땅에

천둥번개 울리며 달려오는 장엄한 희망이 가득하다

농사꾼

정성껏 가꾼 열무를 거둬
이웃에게 나눠주는데

밖에서는 교수님인지 몰라도
농사꾼 다 되었네요

설기* 엄마의 칭찬 한마디가

외국에 유학 가서 박사학위 따고
대학교수가 되었을 때보다

한 번에 두 권의 시집을 내고
갑자기 시인이 되었을 때보다

백배 천배 더 기쁘고 감격스럽다

교과서에 나오지 않고
학교에서 가르쳐 주지 않아도

절기에 맞춰 씨 뿌리고 거름 주고
김매고 아삭한 열무를 거두는 일은

농부만이 할 수 있다

세 치 혀와 세련된 문장으로
세상의 이치를 따져 묻고 떠들지만

땀 흘려 땅 가꾸고
움트는 새 생명을 돌볼 수 없다면

실은 아는 게 아무것도 없다
이 세상의 수많은 교수와 시인들처럼

* 털이 백설기와 같이 하얗다며 이름 붙인 이웃이 키우는 개

땅의 주인은 누구인가

벗이여, 이곳에서는
빳빳하게 쳐든 고개는 잠시 숙여도 좋네
나 잘났네, 너 못났네
허세로 덧칠된 나-자아를 버리고
두 무릎과 뻣뻣한 허리를 꺾고
호미를 들게 삽을 들게
거친 땅을 딛고 기세등등 일어서는 풀은
땀으로 범벅된 그대의 거친 손길을 바랄 뿐
돈과 명예, 사랑과 정의 같은
거창한 담론일랑 잊어버리게
국가와 권력 따위 썩어빠진 뼈다귀도
길가에 던져 버리고
상추밭 뒤덮은 잡풀을 뽑고
고추 줄기 갉아먹는 진딧물이나 잡게
신 따위 형체 없는 유령에게 매달리고 기도하느니
발밑에 깔려도 신음하거나 기죽지 않고
도드라진 나를 뾰족하게 내세우는
못생기고 볼품없는 작은 돌멩이나 경배하게
세상에서 소외되고 버려진 으슥한 구석에서

끈적대며 얼굴에 달라붙는 거미줄을 걷어내고
땅속 깊이 뿌리박고 당당하게 살아가는
작은 벌레 - 神들을 만나게
썩은 감나무 뿌리를 궁궐 삼아
자신들의 왕국을 세운 개미들은
텃밭 주인과 임대차계약도 맺지 않고
동서로 텃밭을 가로질러
은막의 집을 지은 거미는
땅 주인과 한 줌의 포획물도 나누지 않네

이 땅의 주인은 누구인가

국가가 보증한 땅문서로 공인된 소유권을 가진

나인가
풀인가
벌레인가

텃밭농부의 자세 · 1

아침에 일어나 처음 하는 일이
꼿꼿한 허리 숙여
밤새 무탈한가 안부 묻고는

찬찬히 바라보고 살피고
손으로 쓰다듬고 어루만지고
코로 냄새 맡고 얼굴 부비고

아프면 약 주고
목마르면 물 주고
벌레 있으면 잡아주고

외로우면 안아주고
기쁘면 함께 웃고
자주 무릎 꿇고 기도하며

갓 피어난 꽃술에 입 맞추고
따뜻한 연민의 눈물로
거칠고 투박한 흙을 적셔

병들어 아프고 다친

어린 생명을 구하고

땅의 품에 안겨 고이 잠들다

텃밭농부의 자세 · 2

지구 나이

육십억 년

빨간 장미꽃 피고 지고

셀 수 없는 무한의 시간

영생을 바라는 존재의 욕망

허망하게 떨어져 죽고 썩은

씨앗으로 다시 태어난 열무

전생에서 현생까지 업장으로

켜켜이 쌓인 거친 흙을 뚫고

파란 새싹으로 움트던 날

영겁의 세월을 기다린 귀한 인연

버선발로 뛰어나가 두 팔 벌려 맞이하다

텃밭농부의 자세 · 3

뾰족한 창 꼬나물고 앞으로 고꾸라져 죽을지라도
불의한 현실과 타협하며 살지는 않으리라

청춘 내내 온몸과 마음 달구던
비장한 결기는 사라지고

사람보다 꽃에
꽃보다 나비의 날갯짓에
오래도록 눈길 머무는 이순耳順의 나이

매일 아침 고개 숙이고 무릎 굽혀
자존심으로 중무장한 뻣뻣한 관절을 꺾고는
텃밭 상추를 딴다

잘못 디딘 헛발에 여린 잎 짓이겨질까
못다 자란 어린잎에 상처 내지나 않을까

앞뒤를 찬찬히 살피고
좌우를 번갈아 돌아본다

앞으로 남은 생은

세상에 죄짓지 않고
조심조심 살아갈 일만 남았다

분재 소나무

팔다리를 비틀고 꺾고 자르고
굵은 철사 칭칭 둘러 동여매고는
손발이 자라지 못하도록 꼼꼼히도 묶어두었다

졸린 목으로 숨이나 한번 제대로 쉴 수 있었을까
찌부둥한 가슴 펴며 기지개 한번 시원스레 펼 수 있었을까

꽃집에서 사온 분재 소나무가 안쓰러워
철갑으로 두른 철사를 조각조각 자르고 벗겨내어
부드러운 흙으로 덮인 땅에 옮겨주었다

태어나 이제까지 좁은 화분 안에 꽁꽁 묶여 지내다가
몸과 마음 옭죄고 있던 족쇄에서 벗어나
난생 처음 두 다리 쭉 펴고 편안하게 쉴 수 있겠지

소금기 낀 목은 얼마나 말랐을까
호스를 뽑아 뿌리가 젖도록 흠뻑 물을 주었다

이제 마른 잎은 싱싱하게 되살아나고
앙상한 가지에는 새순이 돋고 예쁜 꽃 피어나겠지

이만하면 됐어, 내 할 일은 다 했어

그가 원하는 것을 알지 못하고
헛된 꿈에 부푼 무모한 이상주의자의 선행은 쓸모없다

하루 이틀 날이 갈수록 소나무는
생기를 잃고 시름시름 앓다가 말라 죽었다

분재로 뿌리내리고 사는 너,
천수를 누리다 죽게 놔둘걸

네게 베푼 선의가
독이 될 거란 걸 알지 못했어

너를 위한 최선의 이익은 무엇일까

되묻는 날 아침
하루가 다 가도록 해는 뜨지 않았다

불두화

부처의 곱슬머리 모양만 닮은 줄 알았더니
수만 수천 개 하얀 꽃망울 활짝 터트린 봄날
삶과 죽음의 경계를 넘어선 깨달음을 얻었다

사바세상 가득 꽃비 내리던 날
눈을 뜨라 부처님 뜻 전하고는
스스로 고개 꺾어 열반에 들었다

미련은 살아남은 자의 몫이런가

아프면 아프다고 말해
싫으면 싫다고 말해

목마른가 물을 주고
아픈가 약을 주며
애면글면 매달리고 울부짖는데

이제 나를 놔줘
이대로 떠나고 싶어

바람에 떠도는 말 한마디 남기고는

꼿꼿이 선 채 입망*에 들었다

* 좌탈입망(坐脫立亡): 불가의 스님들이 좌선한 채 혹은 선 채로 열반에 드는 것을 말함

낫을 갈다

겨우내 창고에 던져두었던 낫을 꺼내 풀을 베는 맛이 나도록 무뎌질 대로 무뎌진 날을 갈았다 낮밤으로 갈고 꿈속에서도 갈며 숫돌이 다 닳도록 날을 벼렸다 낫은 서슬 푸른 검광을 뿜어내며 수시로 온몸을 부르르 떨었다 하루는 살기를 주체하지 못하는 낫을 휘둘러 해와 달을 자르고 꿈속의 꿈을 베었다 다음 날 아침 일어나 정신 차려 보니 낫날은 간곳없고 머리맡에 덩그러니 나무 손잡이만 남아있다 밤새 숫돌에 갈고 간 탓일까? 낫날이 모두 닳아버렸다 날이 없는 낫은 이제 아무것도 벨 수 없는 몸이 되었다*

* 현상학을 창시한 에드문트 후설의 칼에 관한 꿈 이야기에서 빌려옴. 후설의 꿈 이야기는 그가 추구하는 학문의 지향성을 나타내고 있다.

쥐구멍

누구는 숨고
누구는 기다린다
어둠과 빛을 경계로 세상의 움직임이 멈춘
쥐구멍에는 신의 은총 가득한데
꼼짝 않고 숨죽이며 밖으로 나오기를 기다리는 고양이나
불안한 눈망울을 굴리며 바깥의 기척을 탐색하는 생쥐나
모두 자신의 생존을 위해 간절하게 기도한다
한쪽은 목숨을
한쪽은 배고픔을 걸어야 하는 싸움
승패는 긴장을 버티는 힘에서 갈린다
나는 누구 편도 아니지만
몸통을 잃고 마당 한구석에 나뒹구는
토막 난 쥐의 꼬리를 보며
존재의 초라한 죽음에 가슴 아파한 적 있다

우물

집 지을 터를 다지다가
넓적한 돌로 가려진 작은 우물을 찾았다
이웃 할머니의 시어머니의 어머니가
시집 살던 때 팠으니 족히
육칠십 년은 되었다

어릴 적 고향집 우물의 물맛도 기똥찼지
여름이면 수박을 매달아 놓고
힘든 농사일에 지친 아버지 드실 막걸리도 담가 두고
열대야로 잠들지 못하는 밤이면 등목도 하고
냉장고 없던 시골에서 우물만큼 요긴한 것도 없었지

산업화니 도시화니 하나둘 염색공장이 들어서고
밤낮으로 쏟아내는 오폐수 독한 냄새로
생머리가 아프고 온종일 속이 매스꺼웠다
들판을 가로지른 강하천의 물고기 떼 지어 죽더니
마을의 우물마저 말라붙어 버렸다

일주일에 두세 번씩 살수차가 오면

누구라 할 것 없이 리어카 가득 물통 싣고
마을 공터로 몰려들어 물을 받느라 난리 북새통이었다
마실 물이 없으니 이웃 서로 다투고 싸우고
원수가 되어 민심은 날로 흉흉하였다

어린 나는 혹시나 하는 생각에 두레박을 던졌지만
텅 빈 우물에는 물이 없었다
고향을 떠나 강퍅한 현실을 사는 동안 늘 목이 말랐고
심연心淵의 바닥에 수시로 두레박을 내렸지만
한 바가지 물도 긷지 못하였다

산속에 살아도 수도꼭지만 틀면 시원한 물줄기 흘러넘치니
작고 볼품없는 우물은 메워버리는 게 나을지도 모른다
과거에 대한 아픔이랄까 추억이랄까
메마른 목 축이려 물 길을 일은 없지만
고급 벽돌로 예쁘게 꾸미고는 옛 우물 그대로 놔두었다

호미 한 자루만 있으면

호미를 잡으면

어린 자식 품에 안듯
손에 착 감기는 느낌이 좋다

나무 손잡이를 따라 유려한 곡선으로 이어진
삼각형의 머리끝에 달린

날카로운 꼭지로 땅을 파면
호미는 멋진 괭이가 된다

예리하게 벼린 옆날로 잡풀을 내리치면
제 아무리 질기고 단단한 뿌리도 쉽게 뽑히고

맨 위 둥근 모서리로 흙을 떠서 옮기면
호미는 날씬한 모종삽으로 변신한다

씨앗 심고 이랑 만들고
흙을 쌓고 북돋우고 뒤집으며

농부는 호미로 땅을 일구어

가족을 먹여 살린다

허리 굽히고 묵묵히 일하던 농부들이
고개 들고 들쳐 일어날 때면

날을 세운 호미는

불의한 권력을 찍어 내리는 서슬 퍼런 낫이 되고
나라마저 갈아엎는 쟁기가 된다

호미 한 자루만 있으면
농부는

지구를 낙원이나
지옥으로 만들 수도 있다

뒷짐 지고 한가로이 논밭을 오가는
농부의 몸짓을 주시하라

그들의 손에는 늘 호미가 들려있다

부활

깍두기 담그고 남은 꼬투리
퇴비 더미에 버렸더니

무청에서 파란 싹이 텄다

제 몸의 살과 살을 보듬어 온기로 삼고
피와 피를 섞어 거름으로 삼아

심장의 박동이 멈추는 마지막 순간까지
악착같이 살아남으면

갖은 고난을 딛고
무참히 잘린 두 다리 온전하게 되살아나

새 생명으로 화려하게 부활하는
헛된 희망이라도 품을 수 있을까

굽은 허리 곧추 펴고 환하게 웃으며
두 팔 활짝 벌리고 하늘 향해 치달리는

가여운 친구야,

나를 말미암지 않고는
아버지께로 올 자가 없느니라*

이루지 못할 구원에 얽매여
목숨 걸고 사느니

길쭉한 모가지만 남은

너,

차
라
리

스스로

목

을
꺾
자

* 요한복음 제14장 6절에서 빌려옴

2부

모기

텃밭에서 고추를 따다가 목덜미 네 군데 모기에 물렸다 모기는 한 번 흡혈하면 200개의 알을 낳는다니 본의 아니게 내 몸이 숙주가 되어 네 마리 곱하기 200, 합하여 800마리의 모기가 태어나도록 도움을 준 셈이다 그 모기가 새끼 치며 무한 급수로 늘어나니 인간의 목숨을 가장 많이 앗아간 존재는 전쟁이나 사고가 아니라 모기라는 말이 그릇되지 않다 적을 이롭게 할 목적이나 의도*는 없었지만 어리석게도 공적公敵 모기에게 피를 빨리고 말았으니 인류에게 돌이킬 수 없는 죄를 지었다 남을 속이고 물건이라도 훔쳤다면 신 앞에 회개하고 법으로 처벌이라도 받겠지 모기에게 물린 잘못은 어디서 누구에게 호소하고 속죄할까 크고 강하여 눈에 띄는 존재보다 눈으로 볼 수 없는 작고 약한 것에 쉽게 굴복하는 나는 귓가에 모기소리만 앵앵거리면 잠을 자다가도 벌떡 일어난다 보이지도 않고 잡을 수도 없는데 불을 켜고 모기채를 들어 뭣하나 허공으로 두 손 휘저으며 얼굴을 감싸 안고는 두려움에 벌벌 떨며 간절히 기도한다 신이시여, 저를 시험에 들게 하지 마옵시고 사악한 모기에게서 이 불쌍한 죄인을 구하소서

* 구(舊)국가보안법에서 빌려옴

지네

마당으로 던진 옥수수 단에 치여
지네 몸통이 두 동강 나 버렸다

마디마디 나눠진 몸에
딱딱한 갑옷을 두르고 있으면 뭐 하나

수십 개 다리를 자유자재 수그리고 오므리고
재빨리 구석으로 숨어드는 재주가 있으면 뭐 하나

온몸을 비틀고 꿈틀대며
목숨 질긴 지네는 쉬 죽지 못한다

지네는 부부 사랑이 지극하다지

축축하고 음습한 지하 구석진 곳에
신방을 차리고

금슬 좋은 지네는
평생 암수 함께 붙어 지낸다지

종종걸음을 재며 다가온 지네 한 마리
허둥지둥 어쩔 줄 모른다

(누가 남편이고, 누가 아내일까)

배우자의 잘린 허리에서
흘러내리는 피를 핥고

힘없이 널브러진 몸을 밀고 당기며
안아 일으키려 갖은 애를 쓴다

거문고와 비파 소리 화음을 이루듯
부창부수 사랑 나누는 친구 되어

한 쌍의 원앙으로 서로 고이
색깔 화려한 깃털을 품고 살자

해와 달이 지켜보는 조촐한 혼례식에서
술잔 바꾸어 마시며 맺은 언약 지키지 못한들 어떠리

한 시간을 지켜보아도
지네 부부는 이별할 줄 모른다

너무 애달파 마라
몸을 빌려 태어난 존재는 때가 되면 모두 소멸하니

텃밭 울타리에 피어있는 국화로
꽃 무덤 만들어 죽은 지네를 묻고는

살아있는 지네의 등을
살며시 다독여 주었다

지렁이

배추 모종 심으려 이랑을 일구다가
지렁이 몸뚱이를 두 토막 내버렸다
그가 한 일이라곤 서늘한 흙 속에서 평온하게 살며
자신이 싼 똥으로 부지런히 거름을 만들어
사람에게 도움 준 일밖에 없는데
전생에 지은 죄가 큰 탓일까
삶과 죽음의 갈림길에 선 지렁이의 목숨 줄이 위태롭다
땅에 사는 용이라 붙여진 토룡이란 이름에 걸맞게
지렁이는 토막 난 몸을 스스로 복원하는 능력을 가졌다니
상처 입은 몸과 마음을 치유하고 온전하게 되살아날 수 있을까
뜨겁게 내리쬐는 초가을 햇볕 아래 토룡은
살이 타고 뼈가 녹아내리는 고통으로 몸부림친다
버둥대는 알몸을 가릴 번쩍이는 황금비늘도 없는 용이여,
항문으로 쓰는 입에 수정으로 빛나는 여의주를 물고
기적으로 되살아나 화려하게 승천하지 못할지라도
너 자신을 너무 책망하지는 말기를
천지가 만들어지고 이제까지
부활을 믿고 목숨 던진 혁명은 모두 실패로 끝났다
그래도 나의 삶은 실패하지 않았어

이 말로 위안 삼고 싶다면

이제 그만 안녕, 이라고 말해줄게

코스모스

요염한 자태를 한껏 뽐내는 붉은 장미 사이에
심지도 않은 빨간 코스모스 한 줄기 피었다

생뚱맞기도 하고 어울리지도 않아
뽑아버릴까 망설이다 그대로 두었다

아무것도 아닌 존재라도
낯선 얼굴을 한 이방인이
내 땅에 들어서는 순간

그는 나를 죽이거나 위협할 수 있는
무서운 적이다

적을 유혹하는 붉은 입술과
단박에 심장을 찌를 수 있는
굵고 날카로운 가시가 있어서일까

너의 고독과 고통에 연민을 가지고 있다는 둥
비참한 네 처지로 자존감에 깊은 상처를 입었다는 둥

장미는 코스모스를 신경 쓰지 않고

나 여기 있어
날 바라봐 줘

아무리 매달려도
따뜻한 눈길 한 번 주지 않는다

누가 너를 여기 오라고 했어
누가 너를 받아들인 적 있어

손님인 너는 내 땅에서 그저
잠시 쉬었다 가면 돼

신성하고 고결한 귀족 가문의 피가 흐르는 이 땅에서
잠시 뿌리박고 살지라도

근본을 알 수 없는 너 같은 족속의 씨는

뿌리지 말기를

말없이 조용히 사라지기를

어미 개

들어가, 조용히 있어
이웃집 할머니의 목청이 드세다
누구를 꾸짖나 창밖을 내다보니
부지깽이 휘두르며
어미 개를 집으로 몰아넣고 있다
가만 살펴보니
천방지축 까불며 뛰놀던
강아지들이 보이지 않는다
다른 집에 보내버렸나
개장수에게 팔아버렸나
졸지에 자식을 빼앗긴
어미 개는 안절부절이다
너는 이제 출가외인이니
죽어도 시집 울타리에 뼈를 묻고
그 집 귀신이 되라며
집 떠나는 딸을 매섭게 몰아붙이던
친정엄마의 억하심정일까
속울음 삼킨 어미 개가 내뱉는 설움을 품고
장맛비가 온종일 낑낑 끙끙 신음하며 내린다

상추 · 1

여린 생명 움트는 새싹일 때부터

꽃대에 말라붙어 시든 잎사귀 한 잎까지

바싹 마른 몸뚱이 어스러지도록 베풀 줄만 알았지

미운 정 고운 정 되돌려 받는 법은 배우지 못하였다

그의 눈길 미처 닿지 못한 그늘에서 홀로 꽃 피우고

까만 씨앗으로 여문 연정 가슴속 고이 품고 있는데

그는 성큼성큼 다가와 씨앗만 탈탈 털고는

내 몸은 뿌리째 뽑아 바닥에 휙 하니 던져 버리더라

그의 거친 손길에 꺾여 널브러진

내 모가지의 무게는 얼마일까

잠시 설운 마음이 들다가도

거칠고 메마른 땅에는 씨 뿌려도

새싹을 틔우지 못할 텐데

가슴속 품은 말은 차마 내뱉지 못하고

소갈머리도 없는 나는 썩은 냄새 풍기며

한 줌 거름으로 썩고 있다

상추 · 2

그날 밤 텃밭에는 무슨 일 있었을까

검은 눈을 부라리며 틈만 나면 먹잇감을 노리던
교활한 들쥐 같은 놈(들) 짓일까

제집처럼 넘나들며 놀이터 삼아 천방지축 뛰놀던
철없는 옆집 멍멍이 같은 놈(들) 짓일까

여린 잎이 찢어지고 줄기마저 꺾인 상추밭은
태풍이 휩쓸고 지나간 듯 몰골이 처참하다

잘못은 누구에게 있을까

내 몸에 손대지 마
버둥대며 강하게 저항하지 못한 상추에게 있을까

아무것도 모른다 기억나지 않는다
뻔뻔하게 발뺌하는 그놈(들)에게 있을까

때린 사람은 기억하지 못해도
맞은 사람의 가슴에 남은 상처는 쉬 아물지 않는다

한마디 말도 못 하고 고개 숙인 채
서럽게 울고 있는 상추의 어깨를 도닥이며 말했다

울지 마, 네 잘못이 아니야
텃밭의 주인으로 너를 지키지 못한

나, 모든 잘못은 내게 있어
날 용서하지 마

(그들에게 잘못 있다면
그놈(들) 죄도 밝혀줄게*)

내년 봄 다시 태어나 여린 새싹 돋아나면
바람의 손길마저 닿을 수 없는

뾰족하고 날카로운 가시 달린 철조망을 둘러줄게

걱정하지 마

목마르면 물 마시고,
배고프면 밥 먹고,
피곤하면 자도 돼, 알았지?

* 고 최숙현 선수가 남긴 말에서 빌려옴

바랭이 · 1

잡풀 바랭이*를 뽑으며

그의 삶에 대해 궁금해졌다

그는 왜 그리 땅에 바짝 달라붙어

기어가며 악착스레 살아가는지

거칠고 강한 뿌리는

왜 뽑아도 쉬 뽑히지 않는지

고된 시집살이에 착한 어미와

어진 아내로 살던 엄니는

밭에만 가면 허리 휘도록

왜 바랭이부터 뽑았는지

* 땅 위를 기어가며 번져가는 한해살이풀

바랭이 · 2

텃밭 곳곳에 터를 잡고
땅속 깊이 뿌리 내린 바랭이를
뿌리째 헤집어 뽑는다

뽑히지 않으려 소리치고 저항하며
날카로운 발톱을 세워 상그럽게 달려드는
그에게 물었다

살려줄까?

이 말은 동정일까 모욕일까
벌겋게 달아올라 일그러진 얼굴로
그가 담담하게 말한다

나는 목숨을 지키려 애써 버티고
악착같이 뿌리 내려 꽃 피우고 씨 뿌릴 테니
뽑고 뽑지 않고는 그대의 몫

나는 나의 일을 할 것이니

그대는 그대의 일을 하라

이 한 몸 뽑힐 때마다

나는

열 개의 뿌리를 내리고
백 개의 꽃을 피우며
천 개의 씨를 뿌릴 것이다

이래도 죽일 거냐 이죽대며
막무가내 달려드는 바랭이의 목덜미를
호미로 내리찍으며 외쳤다

이승에서 한 뙈기 땅도 갖지 못한 너,
내생에서는 두 번 다시 태어나지 말고
태어나더라도 너만의 영토를 가져야 해

옥수수 · 1

거센 비바람이 어둔 밤을 쓸고 지나간 땅 위에

옥수수 한 그루 쓰러져 길게 드러누웠다

거칠고 딱딱한 자갈밭에 뿌리 내리고 올곧게 서서

무거운 삶을 떠받치고 사느라 힘들었나

편히 쉬는 게 낫겠다 싶어

굳이 세우지 않고 그대로 놔두었다

옥수수 · 2

8월 염천의 한낮, 태양은 광포한 독재자 텃밭에는 목마른 작물들이 뱉어내는 숨 받은 앓는 소리만 가득하다 두 눈 부릅뜬 태양은 매섭게 햇빛을 쏘아대며 살아있는 모든 생명을 태워버릴 듯 호기를 부린다

성성한 기세로 넝쿨을 뻗어가던 모든 존재는 날개를 꺾고 목숨만 살려 달라며 태양 앞에 무릎을 꿇었다 갈증과 기근으로 허기진 텃밭에는 구름과 비를 내려달라 신에게 간구하는 애끓는 기도 소리뿐이다

햇빛 찬란한 8월은 혁명하기 좋은 때 울타리 구석진 곳에는 날카로운 잎을 총검으로 벼리고, 옆구리에 총탄을 장전한 옥수수병사들이 뿌리를 땅속 깊이 박은 채 늠름하게 서 있다 텃밭을 다스리는 농부-통수권자로서 병사들에게 봉기를 촉구한다

병사들이여, 독재에 굴종하며 이대로 평생 노예로 살고자 하는가 오지도 않는 비를 기다리며 망연히 목마름을 참겠는가 태양의 목을 베어 하늘 높이 매달아 자유를 향한 우리의

숭고한 뜻을 밝히자 모두 총을 들어라

와~ 와~! 모두 총을 들어라, 싸우자

그날 텃밭에서는 목숨 건 치열한 전투가 있었다 병사들의 집중사격을 피하지 못한 태양은 얼굴 여기저기 움푹 파인 흑점이 생겼고, 그 흘린 피에 젖은 옥수수 줄기와 잎에는 점점이 붉은 반점이 생겼다

8월이면 산촌 텃밭에는 어김없이 미완의 혁명이 일어난다 모두 이겼고 모두 졌지만 이기거나 진 사람은 없다 어쩌면 유일한 승자는 가을이지만 그마저도 북쪽에서 불어오는 서늘한 바람 속으로 자취를 감추었다 시간 앞에서 삶은 바람에 떠도는 하나의 전설일 뿐이다

질경이 · 1

차라리 너는 태어나지 않았으면
뿌리 내리지 않았으면
꽃 피우지 않았으면
씨 맺지 않았으면
씨 맺더라도 흩뿌리지 않았으면
좋았을 걸
지식과 종교는
이 가정을 해결하는 데
아무런 쓸모가 없다
지금 너와 나 앞에는
오직 하나의 선택만 있을 뿐
겨울의 모진 추위를 견디고 살아남은 너,
봄이 선사하는 포근한 지혜의 언어로 답하라
여린 잎을 가진 상추를 살리기 위해
너의 질긴 뿌리를
잘라야 할까 말까
내 손에 죽어야 하는 너는
기나긴 세월의 터널을 지나
땅과 다시 인연을 맺어야 한다

내년 봄 이맘때
요행으로 살아남은 너를 만나면
우리는 선연일까 악연일까
다시 만날 그날까지
모질게 살아남으렴
비정한 이 땅 위에서 너는
죽어서도 되살아나는 법을 배워야 해

질경이 · 2

목숨 질긴 이놈
언젠가 명줄 한번 따버려야지
벼르고 있었다
아무리 밟아도 기죽지 않고
고개를 빳빳이 쳐들고
나 죽여 봐라 대드는
잡초 중의 잡초
잡놈 중의 잡놈
오늘은 이놈의 버르장이를
고쳐놓고 말 테다
단단히 마음먹고
서슬 퍼런 낫을 휘두르며
독기 품은 목소리로 을러댄다
너 이놈 다소곳이 고개 숙이고
제발 목숨만은 살려 달라 빌어라
네 운명은 이 두 손에 달렸으니
내 말에 절대 복종하라
눈을 지그시 내리감고 듣고 있던

질경이놈 비장하게 대꾸한다
이 상황에서 살아남은들
무슨 희망 있겠소
당신의 노예로 사느니
기꺼이 죽음을 택하겠소
나는 자유롭게 살다
비참하게 죽으리라
신의 사악한 저주로 태어났으니
이 몸을 갈가리 찢고 잘라
산짐승 먹이로 던져
그들의 허기진 배고픔이나 달래주오
순교하리라
마음먹은 탓일까
낫으로 내려치라며
목을 길게 내민다
내뱉은 말 주워 담을 수 없어
두 눈 질끈 감고
성난 낫 휘둘러 단숨에

그놈의 목을 자르는데
수십 수백의 까만 씨앗 흩뿌려져
거친 땅속 굳센 뿌리로 내려앉는다

공벌레

썩은 낙엽 들췄더니
공벌레 수십 마리 꼬물거리며 모여 있다

감자 뿌리를 갉아 먹어버릴 텐데

죽여서 우환의 싹을 잘라버릴까
자비의 손을 내밀어 살려줄까

전지전능한 신과 같은 인간이 되고 보니
살아있는 생명을 뺏는 일이 이토록 쉽다

밝은 태양 아래 숨을 구석 한 곳 없이
은신처가 훤하게 드러나니

어떤 놈은 죽을힘으로 기어서 도망가고
어떤 놈은 몸을 돌돌 말고는 죽은 듯 꼼짝 않고 누워있다

살아서 지옥으로 떨어질래
죽어서 천국에서 태어날래

종말은 예기치 않고 삽시간에 들이닥치니
참회와 구원의 기도를 올릴 시간은 언제나 부족하다

너는 이제 선택하라
지옥이냐 천국이냐

다그치듯 명령하는 내게 묻는다면

단두대 위 긴 목 드리우고
시퍼렇게 날선 칼날을 기다리며

짐짓 너스레나 떨어볼까

이번만 놓아주면
두 번 다시 잡히지 않을게

나를 살려줘 보내줘

매달리고 애원하는 거짓말이

쓸모없을지라도

죽음, 그 마지막 순간에도 삶은
목숨을 걸어야 살 수 있는 위험한 도박이다

3부

미안, 미안해

간밤 내린 비에 한쪽으로 기울어진 지주를 세우려다
기세 좋게 뻗고 있는 토마토 줄기를 꺾어버리고

꼬부라진 허리로 바닥을 기고 있는 모습이 불쌍하여
끈으로 묶어주려다 그만 오이 허리를 잘라 버렸다

일부러 그런 것은 아닌데
모두 너 잘되라고 한 일인데

이를 어째

내 입에서 불쑥 튀어나온 이 말은
죄도 없이 무참히 목 잘린 너를 되살릴 수 없다

미안, 미안해

때늦은 사과로 상처 입은
네 가슴 위로받을 수 있을까

통석의 염을 금할 수 없는*
이내 심정만은 알아주기를

바라는 마음을 구차하고
역겨운 변명이라고 생각한다면

경멸로 끓어오른 뜨거운 가래침을
내 얼굴에 뱉어도 좋아

* 1990년 5월 24일 일본을 방문한 노태우 대통령에게 일왕 아키히토가 과거사를 언급하며 한 말

장미에게 공간이란

너에게 사생활은 없어

너는 언제나

알몸으로 전시되고 있어야 해

내가 보고 싶을 때

만지고 싶을 때

꺾고 짓밟고 싶을 때

껴안고 키스하고 섹스하고 싶을 때

너는 군말 없이

나를 받아들이면 돼

그냥 복종해

말하지 마

소리도 지르지 마

비명으로 터져 나오는 신음은

속으로 꿀꺽 삼켜

너에게 공간이란

공적으로 열린 광장

이 세상 어디에도

너의 알몸 가려줄

은밀한 방은 없어

국화가 된 장미

눈을 내리깔고 도도하게 서있는
노란 장미에게 다가가서는

국화야, 하고 불렀다

무슨 말인가 어리둥절한 얼굴을 하고 있는
그에게 나지막이 귀엣말로 진실을 말해주었다

사-실-너-는-장-미-가-아-니-야

장미는 자신의 출생 비밀을 믿지 못하고
몸서리치며 부정한다

누구의 가슴에 대못 박을 때는
인정을 두지 말고 모질게 내리쳐야 한다

무슨 말인지 모르겠어
한 번 더 말해줄까

너-는-장-미-가-아-니-야

이 말을 듣고 가장 먼저 들고 일어난 족속은
뾰족하고 날카로운 가시로 중무장하고 서 있던
빨갛고 하얗고 노랗게 피어난 장미들이다

장미의 핏줄이 아니면서도
장미 행세를 하는 자가 있다

담벼락을 대자보로 도배하고
우루루 인터넷으로 몰려가서는 댓글로 뭇매를 들이친다

들끓는 여론의 마녀사냥을 견디지 못하고
아무런 죄도 없는 노란 장미가 양심선언을 한다

그래, 나는 장미가 아니야
아니, 장미인 것은 맞지만
장미 되기를 그만 둘래

고개를 꺾고 쓸쓸히 죽은 노란 장미는
국화로 죽어 다시 노란 장미로 태어났다

이상도 하지, 그날부터

노란 장미에게서는 은은한 국화 향기가 나고
국화에게서는 우아한 노란 장미 향기가 났다

소국

담벼락에 핀 소국 한 송이를 분질렀어
거칠게 찢어진 그의 손목이 잠시 움찔했지

세상은 이내 조용했어

놀라 흩어진 하늘의 구름은 다시 모였고
눈치 빠른 바람은 미동도 하지 않았어

울타리로 심은 쥐똥나무에 쥐는 없었고
쥐똥도 떨어지지 않았어

탱자나무 사이를 부산하게 나는 겁 많은 참새들을 따라
철없는 옆집 똥강아지만 덩달아 날뛰고 있었어

두 눈을 감고 가만히 코끝으로 향기만 맡으면 되지
엄지와 검지의 억센 완력으로 여린 몸을 분질러 없앨 건
뭐야, 묻는

토라진 꽃잎들에게
감성을 듬뿍 담아 아주 이성적으로 말해주었지
덕지덕지 바늘로 꿰맨 네 손목 틈새로 노란 꽃이 피었어
양곱창처럼 얼키설키 얽힌 너의 대뇌에 잔뿌리가 내렸어

잘린 네 손목에 말뚝을 박고는
찬 서리 내린 땅에 다시 심어줄게

걱정 마, 새봄 오면 너는

곧고다 십자가에 못 박혀 죽은 부활의 예수처럼
구멍 뚫린 두 손 활짝 펴며 화려하게 되살아날 테니

나만 믿어, 알았지?

(그래도 너무 믿지는 말고)

엄혹한 겨울을 견디고 새봄 맞아

작고 노란 예쁜 꽃으로 구원받고

다시 태어난 소국을 만나기란
그리 쉬운 일은 아니거든

배설

모든 게 차고 넘치는
욕망이 과잉된 사회

사람들은 바라고 원하는
모든 것 쓰고는 버린다

산과 계곡을 채우고
강과 바다로 흘러든

탐욕의 찌꺼기를 먹고 자란
새와 물고기마저 고도비만이다

통제되지 않는 야욕은 절제를 모르고
권력과 결탁한 자본은 만족을 모른다

복부 가득 쌓인 욕구 덩어리를 안고
뒤뚱뒤뚱 균형 잃은 지구가 휘청인다

먹고 게우기를 되풀이하는 거식증 환자처럼

결핍을 모르는 우리 영혼은 안식을 잊었다

만족을 모르는 욕심의 끝 어디인가
죽어서도 멈추지 않을 이 광란의 질주

이제 그만 여기서 딱
먹기를 멈추라

비우라
헛헛한 욕망의 위장

맛집 · 1

텔레비전 맛집 프로그램에는
온통 야만 투성이다

살아있는 장어 배를 갈라
뜨거운 불판 위에 던지고

펄펄 끓는 냄비 속에
살려 달라 달라붙는 문어도 던지고

마늘 고추 갖은 양념 들이붓고
설설 끓이고 달달 볶는다

죽어가는 생명 앞에 자비는 어인 말
야호 소리치며 군침을 줄줄 흘린다

들이대는 카메라 앞에
우걱우걱 쩝쩝

채신머리 부끄럼일랑 둘둘 말아

후룩 후루룩 밥 말아 먹는다

얼마나 먹어야 배부를 것인가
얼마나 죽여야 살생을 멈출 것인가

살생에도 예의가 있는 법
교회와 절에 가서 회개하고 참회한들 무슨 소용

게걸스럽게 먹을수록 몸은 죽어나고
영혼은 늘 배고픈 것을

사람들아,
영성이니 깨달음이니 입에 올려 무엇 하리

탐욕과 미망으로 가득 찬 그대
이제 그만 살육을 멈추라

맛집 · 2

우리 마을에 소문난 맛집 있다
장작불 땐 가마솥에서 끓인 방목 닭백숙으로
제법 유명세를 타고 있다
티브이에도 나오고 입소문을 타다 보니
주말이면 도회지 사람들 몰려들어
조용하던 산촌이 여간 소란하지 않다
한 번도 가보지 않았으니
하늘 아래 둘도 없는 맛집인지는 모르겠으나
새벽 밝을 때면 닭 울음소리 요란하니
어찌저찌 닭 키우는 식당임은 분명하다
아침 일찍 일어나 정원을 거닐다 보면
한가득 닭 실은 트럭이 식당으로 들어갔다
빈 차로 나가곤 하는데
양계장에서 키운 닭을 울타리 둘러친 바닥에
잠시 풀어놓았다 잡으니
이른바 자연산 방목이다
참나무 장작불로 시뻘겋게 달궈진 가마솥에는
모가지 잘린 닭들이 내지르는 비명소리
아우성치며 펄펄 끓어 넘치고

아궁이 굴뚝에서는 홀로코스트로 도륙된 닭들의
알몸 태우는 검은 연기 쉴 새 없이 피어오르고 있다
닭백숙이 맛있다며 사람들은 꾸역꾸역 밀려들고
아우슈비츠 맛집은 오늘도 성업 중이다

무 한 뼘 배추 두 뼘

무 배추 간격은 얼마면 되나요

한심한 질문에

땅에서 나고 자란 농부할머니가 답한다

무 한 뼘 배추 두 뼘

지혜로운 사람의 말은
짧고 군더더기가 없다

학자인 나는 무 배추 심는 법도 모르면서

같은 것은 같게 다른 것은 다르게
능력에 따라 일하고 필요에 따라 나누라

정의로 덧칠된 온갖 법을 비틀어
어렵고 복잡하게 가르친다

강의를 마치고 교실을 나서면
마른 거품 이는 입에서 단내가 난다

지금 내게는
과열된 머리를 식힐 감로수가 필요해

다치고 상처 입은 탕아로 집에 돌아와
여린 잎으로 부친 배추전 안주 삼아

막걸리 한 사발 손가락으로 휘휘 저어
걸쭉하게 마시고는 한껏 취한다

행복과 불행의 거리는 얼마일까

무 한 뼘 배추 두 뼘

무 배추 섞어 담근 동치미 국물이
장독대 항아리에서 맛있게 익고 있었다

무의 목을 베다

찬 서리 내리는 상강을 이기지 못하고
온몸과 마음 얼까 봐 서둘러 무를 거둔다

포근한 이불 담요 덮어 돌볼 수 없으니
숫돌에 갈고 벼린 예리한 낫을 들고
인정을 두지 않고 단숨에 무의 목을 벤다

맥없이 잘려 땅바닥에 너부러진 무청에 가려
뽀얀 속살 드러내고는
밭은 숨 거칠게 몰아쉬는 무에게

아프냐, 묻고는

혼잣말로 대답한다

나도 아파

머잖아 시베리아의 한기 품은 미친 바람
세상을 휩쓸어버리겠지

병색 짙은 너와 나,
우리

꼼짝하지 마
숨도 쉬지 말아야 해

펄떡이는 심장의 붉은 피 머금은 초봄의 홍매
활짝 피어날 때까지

제발 죽지 마
살아있어야 해

호박손

팔다리가 없는 호박은
순 백수건달 심보로
와, 우짤 낀데
죽일라카마 한번 죽이봐라
일단 머리를 들이밀며
앞으로 쑥쑥 나아가고
넝쿨을 뚱배 삼아
땅을 힘차게 딛고 일어선다
벽을 만나면 허리를 꺾어 수직으로
덤불을 만나면 가시를 부드럽게 감싸 안고는
슬그머니 기어올라
넓고 거친 잎으로 덮어버리고
무슨 일 있었냐는 듯 천연덕스럽게
꽃 피우고 열매를 맺는다
호박이 호기를 부리는 데는
이유가 있다
가늘고 긴 덩굴손이 있어
누구든 잡히는 대로 꼼짝 못 하게
꽁꽁 얽어매고 마는 까닭이다

호박은 세상에 기대지 않으면 살 수 없다고
하늘 향해 뻗는 호박손의 희망은 헛되다고
누가 감히 말할 수 있을까
호박손아,
너의 갈라진 손가락을 활짝 펴
비겁한 세상의 목울대를 콱 조아버려
숨통을 끊어버려
한여름 무더위에 지친 텃밭 작물은
모두 날개를 꺾고 고개 푹 숙인 채
가쁜 숨만 몰아쉬고 있는데
덩굴손을 죽창으로 앞세운 호박만
삼삼오오 대열 지어
기세등등 힘차게 진군하고 있다

늙은 호박

친구 농장에서 얻어온 호박을 가득 싣고는
집으로 돌아와 차 트렁크를 여는데
늙은 호박 하나 떨어져 내리막길을 굴러
데굴데굴 마을 아래로 신나게 치달린다
순식간에 벌어진 일이라 잡을 생각도 못 하고
멍하니 지켜만 보는데
달달하고 맛있는 전 부쳐 냠냠 짭짭 먹을까
몸에 좋은 진액 우려내어 주욱 쭉 빨아 먹을까
행복한 상상이 저 멀리 도망가고 있다
자신을 죽인 뒤 시신을 토막 쳐서
세상의 구경거리로 삼지나 않을까
여러 대의 수레에 팔다리를 나누어 묶고는
갈기갈기 찢어 죽이는 게 겁이 났을까
사지를 탈출한 둥근 호박
경사진 길을 가로질러 잘도 굴러간다
하늘이 사람에게 준 권리 중에
자유보다 귀한 것이 없다던
근엄한 인권법학자는 어디 갔나
풀숲에서 꼼짝 않고 숨어있는 늙은 호박을

기어이 찾아내 포박하고는
다시는 도망하지 못하도록
음습한 창고에 가두어 두었다

딸기 맛에 목숨 걸다

애써 손 뻗어
울타리 끝에 달린 딸기를 따려다가
대추나무 가시에 팔을 심하게 긁혔다

그까짓 딸기 그냥 놔뒀으면
아무 일도 없었을 텐데
마지막 하나에 마음을 뺏긴 탓이다

문득 어디선가 읽은 옛이야기 한 토막

어떤 사람이 호랑이에게 쫓기다 벼랑 끝에 몰렸는데
그만 발을 헛디뎌 낭떠러지로 떨어지고 말았다

하늘이 도왔을까, 다행히 칡넝쿨을 잡고는
허공중에 대롱대롱 매달려 있었다

위에는 호랑이, 아래는 천 길 낭떠러지

이러지도 저러지도 못하고 있는데 위를 쳐다보니

생쥐 한 마리 야금야금 넝쿨을 갉아먹고 있다

어떻게 하면 살아날까 전전긍긍하는데
바위틈에 산딸기 하나 탐스럽게 익어있다

그 와중에 산딸기는 왜 그리 맛있어 보였을까
손을 뻗지 말아야 했는데

천 길 계곡으로 떨어지며 먹은 딸기는
그 사람 생애 최고의 맛이었다고 한다

중노년의 부부

어스름 어둠이 드리운 정원
나무의자에 앉아
말없이 같은 곳을 바라본다

예전부터 보았고
지금도 보고 있지만
내일도 볼 수 있을지

알 수 없는
곳

산이 있어, 바라보고
꽃이 있어, 바라본다

우리, 언제까지

두 손 마주잡고
같은 곳 바라볼 수 있을까

얼굴을 스치는 바람이
눈치채지 못하게
손등으로 몰래 눈물을 훔친다

슬쩍 고개 돌려 바라본
당신의 옆모습이

너무 고와서 서러운
가을 밤하늘

들쥐

호미로 이랑 헤집어 고구마를 캐는데
놀란 들쥐 한 마리 후다닥 뛰쳐나온다
나락농사도 짓지 않는 산촌인데
볏짚은 어디서 구했을까
가늘고 보드라운 지푸라기 곱게 깔아
땅속에 작은 집을 앙증맞게도 지어두었다
도심의 고급 아파트 부럽지 않은 저만의 집을 지어
마음씨 고운 아내와 자식새끼 두엇 낳고
단란한 가정 꾸려 한겨울 날 요량이었나
잰걸음으로 도망치는 들쥐의 뒷모습을 한동안 지켜보았다
나 먹고 살자고 그의 소박한 꿈 깨트리고
집마저 부수고 짓밟아 버렸으니
이보다 더한 야만이 있을까
간밤에는 첫서리 내려 거실 유리창에
뾰족한 가시처럼 성에가 돋았다
세상천지 오갈 데 없는 들쥐는
밤새 오들오들 떨면서 한뎃잠 자지나 않았는지
아침으로 뜨끈하게 삶은 고구마 한입 베어 먹는데
생목이 막혀 자주 찬물을 들이켰다

4부

겨울바람

밤새 겨울의 허리 부러지고

관절 꺾이는 소리 요란하다

흙에 뿌리 내리지 못한

땅에 몸을 붙이지 못한

가볍고 여리고 병들어

아픈

것들의 뼈마디가

떨어지고 넘어지고 엎어져

이리저리 허공을 떠돌다

망각의 시간 속으로

흩어지고 사라져간다

그해 겨울

거센 바람에 찢겨 온몸 너덜해진 세상이
창틀에 끼인 문풍지로 바르르 떨리며
제발 목숨만 살려 달라 울부짖고 있던 그해 겨울
밤은 고요하다는 비정한 사실을 알았을 때
나는 어떤 야비한 삶과 고독한 투쟁을 하고 있었다
길거리를 떠도는 고양이들이 앙칼진 목소리를 내며
소유권도 없는 자신의 영역을 지키려 목숨 걸고 싸울 때도
밤은 어둠을 앞세워 고요하였고
광야에서 울리는 양심의 소리를 못 들은 척 외면하며
나는 23.5도 기울어진 지구의 자전축을 곧추세울
위대하지만 헛된 혁명을 꿈꾸었다
해가 뜨지 않는 날은 없었고
해가 지지 않는 날도 없었다
밤은 언제나 고요하였고
어둠 속에서 나는
이루고 싶었지만 이룰 수 없는 이상과 피터지게 싸웠다
밤은 혁명의 적도 동지도 아니었다
나는 들개처럼 외로웠다

분서焚書, 책을 불태우다

나무부처를 토막 내어 언 몸 녹이는 불쏘시개로 썼다는
단하 선사를 흉내 내어*

벽장 가득 꽂혀있는 책 무더기를 아궁이에 던져 넣고는
냉골 구들 덥히는 땔감 삼아 화톳불을 당긴다

추위에 떨고 있는 가난한 중생을 지켜보며
평생 자비심으로 충만했을 부처의 마음은 어디 있나

까맣게 불타 바람에 흩날리는 재를 헤집어 보아도
연기에 그을린 사리 하나도 남기지 못한 것을

천장에 닿을 듯 서가 가득 장식으로
책을 쟁이고 쌓아둔들 무엇 하나

빳빳한 종이를 뽀얀 사골 국물로 우려내어
배고픈 중생을 배불리 먹이지 못할 바에야

엉덩이 뜨끈뜨끈 온돌방이나 데워

허기로 움츠려든 몸이나 녹여야지

궁핍한 세상을 구하지 못한 죄를 물어
책을 불살라 다비식을 치른다

* 단하 선사가 목불을 태웠다는 단하소불(丹霞燒佛)의 일화

아궁이 앞에서

매일 밤 아궁이 앞에 쭈그리고 앉아
얼기설기 쌓은 참나무 장작 위에

속진에 찌들어 바싹 마른 몸뚱이 누이고는
홀로 다비식을 치른다

전생부터 굶주렸나
불길은 성난 맹수로 달려와 순식간에 먹잇감을 삼킨다

악마의 혀 같은 불이여,

욕망으로 웃자라난 무명초 머리칼을 한 올
터럭 하나 남김없이 말끔하게 태워버려라

(이제 나는 깨달을 수 있겠지)

불의와 타협하지 않으리라, 꼿꼿이 세운 허리를 동강내어
마디마디 분질러 꺾어버려라

(이제 나는 편히 쉴 수 있겠지)

거화炬火!
스님, 불 들어가요 어서 나오세요

불에 타다 만 금이빨 두 개
잿더미 속에서 반짝이고 있네요

화두는 놓지 마세요
연기에 그을린 볼품없는 사리는 줍지 않을게요

아궁이 밖 세상의 번뇌는
아직도 활활 불타고 있으니

이 불 꺼져 한 줌 재로 남은 속정俗情
바람에 흩날려 허공으로 사라지기 전에는

스님, 죽어도 죽지 말고
깨달아도 성불하지 마세요

옆집 개 · 1

옆집에 개 한 마리 있다

엄마 젖도 떼지 못한 어린 강아지로 팔려와
가죽으로 만든 목줄 차고
밤이나 낮이나 굵은 쇠사슬에 묶여있다

주인이 주는 잔반 먹고
한 평도 되지 않는 공간을 시계추처럼 왔다갔다 맴돌다가
차가운 시멘트 바닥에 주저앉아 멍하니 텅 빈 골목을 쳐다보는 것이

옆집 개가 날마다 하는 일이다

눈보라 거센 겨울밤
워오오 흑흑 서러움에 속엣눈물 끓어오르는
늑대울음을 들은 적 있다

잠에 취해 몽롱한 의식 속에서도
개의 조상이 늑대였지, 해묵은 기억을 끄집어내고는
잠시나마 옆집 개가 대견하다고 생각하였다

아침에 일어나 성에 낀 창밖을 내다보니
차가운 시멘트 바닥에 온몸 돌돌 말아 웅크린
늑대 닮은 늙은 개 한 마리 강추위에 떨고 있다

옆집 개 · 2

평생 목줄 차고 살 바에는
차라리 굶어죽자 싶다가도

주인만 보면 꼬랑지는
경박하게 설레발치고

때만 되면 어김없이 허기지는
창자는 굶주림에 지쳐

찌그러진 양은냄비에 코 처박고
쩝쩝 킁킁 게걸스레 밥을 먹는다

참새 소리 요란한 산촌의 아침
가을 해는 하늘 높이 떠오르고

해진 멍석 위 가부좌 틀고 앉아
옆집 개는

개에게도 불성이 있는가

무無 자字 화두 들고

깊은 상념에 잠겨있다

옆집 개 · 3

옆집 강아지
살점 하나 없는 깡마른 뼈다귀를
온 힘으로 물고 빤다

티브이에서는 아프리카 어느 나라
가난으로 말라버린 엄마의 빈 젖을 문 아기의
티 없이 맑고 까만 눈동자를 비춘다

어린이가 살기 좋은 세상은
모두가 살기 좋은 세상입니다

유니세프의 광고처럼

한 달 이만 원 후원금이면
희망을 잃어버린 나라의
모든 아이들을 살릴 수 있을까

하루 한 번 한 줌의 사료에
날마다 허기진 모든

강아지의 굶주림도 사라질까

뼈다귀를 아무리 핥고 빨아도
주둥이에서 흘러내린 침만 바닥을 적실 뿐
허출한 창자의 배고픔은 사라지지 않는다

장미

울타리 옆 흰 장미 피다 만 시든 꽃망울 매달고
추위에 바싹 마른 채 서 있다

오월의 여왕, 그녀는 빛났다

화려한 과거의 기억을 가졌기에
초라한 모습의 그녀를 위로하고 싶어졌다

메말라 핏기 없는 창백한 얼굴을 쓰다듬으며
괜찮니, 다정하게 귀엣말로 물었다

겨우 숨만 쉬며 버티고 있어
너라면 뭘 할 수 있겠니, 이 겨울에

돌아온 대답은 싸늘하고 냉랭하다

그녀에게는 여우털목도리가 어울리지 않을까란
순진한 생각은 영원히 접기로 마음먹는데

문득 한기에 훤히 드러난 목덜미가 시려
두툼한 털가죽 재킷의 옷깃을 여민다

사랑으로

겨울 새벽어둠의 품에 안겨
엄마는 고이 세상을 떠났다

태어나 이제까지 엄마가 내게 안겨준
처음이자 마지막 아픔이었다

사랑하기에 죽지 않는다
우리는 믿지만

엄마를 향한 나의 사랑으로
나를 향한 엄마의 사랑으로

엄마는 서서히 죽어가고 있었다

사랑으로도 구원받지 못한 나의 삶은
엄마의 죽음이 남긴 검은 슬픔을 좇고 있다

엄마

추워, 아이 추워

포근한 솜이불 차 던지고
마른 새우처럼 웅크린 몸

떨고 있는 겨울,
새벽에

저승 계신 우리 엄마
타닥타닥
아궁이에 군불 지핀다

나이 든 막내아들
추위에 떨지 말라고

쌔근쌔근
엄마 품에서 잘 자라고

포란

어미닭은 스무하루 동안
알을 품는다

온종일 아무것도 먹지 않고
움직이지도 않은 채

세찬 비바람이 불어도 온몸으로 막아내며
조금도 동요하지 않고 알을 지킨다

아기가 태어날 수 있을까 없을까
얼굴은 잘생겼을까 못생겼을까

의심하거나 걱정하지 않는다

부화에 알맞은 온도를 맞추려고
제 부리로 털을 모두 뽑아서일까

어미닭의 앞가슴은
털이 하나도 없는 맨살이다

제 자식을 낳고 거두려
갖은 애를 썼기 때문일까

튼실하던 다리는 야위어
뼈만 앙상하게 남았다

세상의 모든 어미닭처럼
내 어미도

맨살 가슴으로 나를 품고
가랑이 사이에 감추어

자식을 채가려는 솔개를 경계하고 살피느라
낮잠 한숨 편히 자보지 못했겠지

이승에서 구부러진 허리 저승에서 곧게 펴고
고이 잠든 어미의 무덤에는

지금쯤 백일홍 붉게 피었겠다

겨울 아침에

잘 익은 사과 하나에
뻥 튀긴 보리 한 줌
소박한 아침 먹고

이름 모를 코스타리카 농부의
검은 눈물로 뽑아낸
커피 한 잔 마시는데

사람은 이 땅 위에서 시적으로 산다는
횔덜린의 시구가 생각난다

시를 쓰며 이 땅 위에 사는데도
감성마저 꽁꽁 얼어버린 추운 날이면
어이하여 떠난 이의 따뜻한 정이 그리운가

간밤에는 삼동 바람 매섭게 불어
솜이불로 감싼 수도마저 터져버리고

흘러내린 물 얼어붙은 빙판길 위에서

야윈 겨울이 미끄러져 넘어지는 소리 요란하다

오늘같이 추운 날 아침에는
뜨끈뜨끈 군불 지핀 온돌방 아랫목에 드러누워

아우성치는 세상의 아픔은 잠시 외면하고
이승 떠난 엄마 품에 안겨 아기잠을 자고 싶다

염원

너를 사랑하기에는
이 삶이 너무 짧아

나는 울고

나를 사랑하기에는
이 삶이 너무 길어

나는 운다

울지 마라, 누구도
내게 말할 수는 없어

바람이 불어도
나는 울고

세상이 흔들려도
나는 우는 것을

목 놓아 울 수 있어
나는 살 수 있고

그 울음이 삶이 되고
시가 되는 것을

새해 첫날 참세상을 여는
새벽 수탉이 울기도 전에

울다 자지러지며
시를 쓴다

올 한 해는

내가 우는 만큼
너는 행복하여라

나무

화려한 가을로 살아온 삶이 부끄러운 날
북쪽 국경에서 날카로운 칼바람이 불었다

모질게 살아남아 너는
만고의 대를 잇는 정자의 씨앗을 뿌려라

조상의 애끓는 당부의 말을 지키지 못한 채 나무는,
온몸에 돋아난 부끄러운 수치를 가린 무성한 잎을 잃고

세상에 드러낸 적 없는 자존심 세운 뾰족한 유두와
갖은 오욕과 영광이 뒤섞인 자궁의 은밀한 구석을 드러낸다

오색 단풍 물든 계절의 화려한 기억 속에 소리 잃은 말을 가두고
서릿발로 내려앉은 날선 절망을 품은 날

봄여름가을
모질게 이어온 삶을 거두고 나무는,
앙상한 알몸을 차가운 바닥에 묻으며
죽음보다 기나긴 동면을 준비한다

무 한 뼘 배추 두 뼘

지은이 | 채형복

초판 1쇄 발행 | 2021년 3월 25일

펴낸이 | 신중현
펴낸곳 | 도서출판 학이사
출판등록 | 제25100-2005-28호

대구광역시 달서구 문화회관11안길 22-1(장동)
전화_(053) 554-3431, 3432 팩시밀리_(053) 554-3433
홈페이지_http://www.학이사.kr
이메일_hes3431@naver.com

ISBN_979-11-5854-291-7 03810